AF332195

L'Hôtel

de

Bourgogne

Extrait de l'*Histoire des Ducs de Bourgogne,*

de M. Ernest PETIT.

PARIS

11 FÉVRIER 1910

A Monsieur Maurice PROU

Membre de l'Institut

Le Puits-d'Amour,

11 février 1910.

L'Hôtel de Bourgogne

L'Hôtel

de

Bourgogne

Extrait de l'*Histoire des Ducs de Bourgogne,*

de M. Ernest PETIT.

PARIS

11 FÉVRIER 1910

L'Hôtel de Bourgogne

Philippe le Hardi, duc de Touraine, désireux de se rapprocher de la cour, dont les plaisirs variés le retenaient trop souvent éloigné de son gouvernement de Bourgogne, avait obtenu de son frère Charles V, pendant sa régence, une somme de deux mille francs pour l'achat d'une maison, sise rue des Bourdonnais, à proximité du Louvre et des autres résidences royales. L'achat de cet immeuble eut lieu en 1363[1], et, après quelques réparations urgentes, le jeune duc put s'y installer provisoirement pendant les fréquents voyages qu'il faisait à Paris.

Une maison importante, contiguë à cet hôtel et comprenant des cours et de vastes préaux, ne tarda pas à être habitée par la famille de La Trémoille,

1. Le régent avait donné les 2.000 fr. le 14 février 1363 ; Philippe le Hardi en donna reçu le 15 juin de la même année (Bibl. nat., Coll. Bourgogne, t. LIII, p. 229).

dont le chef, Gui V, marié à Radegonde Guenant, vint bientôt prendre possession. Des trois fils du sire de La Trémoille, Gui, Guillaume et Pierre[1], l'aîné n'avait qu'un an de moins que Philippe le Hardi. Le hasard de ce voisinage, le rapprochement de l'âge, la similitude de goûts, amenèrent plus tard des relations quotidiennes entre les jeunes gens, puis une amitié qui fut pour les La Trémoille l'origine d'une haute fortune et d'un rôle prépondérant dans les affaires de Bourgogne à cette époque.

Les logements de l'Hôtel des Bourdonnais, suffisants pour le duc de Touraine, ne pouvaient convenir au duc de Bourgogne. Il fallut un remaniement complet et des agrandissements considérables pour répondre aux besoins du service[2]. Maître Pierre

1. Gui de La Trémoille était né en 1343, Guillaume, en 1345, Pierre, en 1347.

2. « *OEuvres faites en l'ostel de Monseigneur assiz à Paris en la rue des Bourdonnois... Aux ouvriers qui ont descouverte la grant sale pour abatre les ii pignons et refaire de neuf, pour ce que les maçons ne pouvoient ouvrer si ladite sale n'estoit descouverte... xxx s. p. — A Jehan Galiot et Nicolas le Champenois, maçons, demourant à Paris, par marché fait à eulx par m^e Pierre d'Orgemont, m^e Jehan Blanchet, mess. Thomas de Chapelles et Huet Hanon. C'est assavoir, abattre les grans pignons de taille d'icelle maison, par devers la rue de la Fosse aux chiens, lesquels pignons contiennent chascun xii toises de hault, et yceux refaire bien et suffisamment de pierre de taille, et doivent quérir toute la pierre qui faudra avec celle qui à present est, et toute autre matière, eschaffaux, peine d'ouvriers, et toutes autres choses nécessaires, et doivent avoir pour chascune toise de mur de taille, iii fr. i quart. — Item, les dessusdits doivent abattre et refaire audit*

d'Orgemont, président au Parlement, le secrétaire Jean Blanchet, l'aumônier Thomas de Chapelle et le trésorier Huet Hanon furent chargés de préparer les devis, de passer les marchés et de faire exécuter les travaux, qui furent activement menés dans le courant de l'année 1367. Toutes les pièces concernant les

hostel tous les gros murs, planchés et autres œuvres nécessaires, tant comme il plaira à m^{gr} et à son conseil, et doivent quérir merrien, plastre, eschafaux et autres choses necessaires, et doivent avoir pour chascune toise xxii s. p. — Item, les dessusdits doivent faire oudit hostel ès lieux necessaires ou il plaira à m^{gr} et à son conseil chacune toise de cheminecz et de degrez, et quérir plastre et toutes choses à ce nécessaires pour xv s. parisis. — Item, doivent faire chacune toise de cloison entrevoux de plastre ès lieux nécessaires oudit hostel, et quérir toutes choses, comme dit est, pour ix s. p. — Item, doivent faire oudit hostel chascune toise de pavement par terre ou sur planchier, et quérir toutes choses nécessaires, comme dit est, pour vi s. p., lequel marchié fut fait par les dessusdits, si comme il est plus à plain contenu ès lettre dudit marchié fait sur ce, soubz le seel du chastellet de Paris, le xxviiie jour de juillet CCC. LX. VIII. »

Du 10 août 1367 au 11 octobre 1368, on verse aux entrepreneurs en 18 paiements 2.630 l., plus 24 fr. pour frais divers.

« *A Jehan Chevrel et Philipot Mellon, charpentiers à Paris...., dans la chambre à parer, oster une poutre, etc. iii^{xx} fr.*

« *Aux mêmes, pour marchié fait par Pierre d'Orgemont e fr... à diverses fois l fr..., aux mêmes pour ii cloisons au travers de deux sales neuves dudit hostel..., mantel de cheminées, etc...*

« *A Pierre Guaignait, couvreur de maisons, demourant à Paris... pour descouvrir et recouvrir la grant sale dudit hostel, contenant environ v toises et demie de long et v toises de large, et mettre la tuile jus. — Item, de descouvrir la meson emprès icelle grant meson, et recouvrir... xliii l. t. ⊹ xviii l. t.., au même Guaignait... pour couvrir, later, asseoir les gouttières... plomber... sur les deux maisons neuves que m^{gr} a fait faire audit hostel... xlviii fr.*

constructions et les dépenses ont été conservées. On fut obligé de démolir quelques parties de murs du côté de *la rue de la Fosse aux Chiens*, pour établir la grande salle lambrissée, qui avait cinq toises et demie de long sur cinq de large. Les deux pignons donnant sur cette rue étaient couronnés d'épis de deux pieds et demi de haut. On peut voir le rôle que remplissait Geoffroi le Vaillant, maître des basses œuvres du roi en son châtelet de Paris.

« *A Nicolas Salvastre, espicier, demourant à Paris, ii tables de plonc pesant ii*ᶜ*vii l. et ii l. de soudeure et i l. d'estain à souder goutières.. xl fr..... Au dit Nicolas, pour refondre six cents livres de plonc, du plonc des gouttières dudit hostel et pour le remettre à neuf, lxxvi s. p.*

« *A Jehan de la Court, marchand de merrien, pour xii toises de goutières, ix l. x s... au même pour xxxi toises et demie de goutières à deux eaux, xxi l.... A Henry Houffroy, marchand de merrien, demourant à Paris, dix huit pièces de merrien de deux toises et demie de long... cinq autres pièces de trois toises, etc. xi fr. vi s. p... Au dit Henry Houffroy, pour ii*ᶜ*viii solives, dont y en a xxvi de trois toises de long chascune, xii autres de deux toises de long pour faire poinçons, xvi autres de deux toises et demie, xii fortes solives pour le comble de la maison, chascune de quatre toises et demie de long... etc. iii*ᶜ*xlv fr.*

« *A Philippe Seman, huchier, demourant à Paris.... pour lambrisser de lambroix de fou tout neuf la grant sale dudit hostel.... oster le viès lambroix de la dite sale... quérir le lambroix au prix de x l. t. le millier... xxx fr. et xxvi fr.*

« *A Jehan Le Clert, sarrurier, demourant à Paris, façon de onze treilles de fer dudit hostel, et mis et assis ès deux pignons neufs dudit hostel par devers la rue du Fossé aux Chiens.... viii*ˣˣ *l. de fer d'Espaigne, pour faire torel neuf un treillis assis ès dits deux pignons, chascune de deux pieds et demi de long... cent chevilles de fer pour cheviller la charpenterie... et pour porter le tout de la rue Saint Anthoine oudit hostel... l. xxx p... Au dit Jehan Le Clert,*

Pendant la durée de ces travaux, dont on pressait l'achèvement, le duc vint trois ou quatre fois de Bourgogne à Paris, et occupa provisoirement un hôtel *rue de la Viez Texerandie*, appartenant à messire Jean de Danville, chevalier, maître d'hôtel du roi. En remerciement de cette bonne hospitalité, le duc lui fit cadeau de deux pièces de vin de Beaune, achetées à Gille Le Pelletier, prêtre de Paris, qui furent remises au destinataire par le maître des garnisons des vins du roi [1].

pour douze treillis de fer pesant iii^c lxviii l. mis au pignon de *taille par devers la maison Jehan de Lille... fer pour les soupantes* *qui faillent aux cheminées dudit hostel, verrous, gons, vervelles* *qui faillent aux huissemens et fenestres...*

« A Jehan Le Clerc et Jacques Malaquin, sarrurier, demourant *à Paris... pour sarrures par marchié fait à eux... A Martin le* *Gris, ferron,... pour xii milliers de clos à later... A Simon de* *Becherel, marchand et bourgeois de Paris, pour deux grosses* *poutres de v toises de long, etc...*

» A Guillaume de Mesurier, demourant à Paris, vii^c et demi de *clos à later...*

« A Geoffrin le Vaillant, maître des basses œuvres du Roy en *son Chastellet de Paris,... pour vuider l'aisement de la salle neuve* *que l'on a fait presentement audit hostel, et pour vuider un aisement qui est au praiau dudit hostel, emprès la maison Jehan de* *Banelat, pour mener la matière aux champs, et les mettre en tel* *estat que maçons y puissent ouvrer...*

« A Pierre de Cambrai, marchand de merrain... A Clinet, de *Moucy, tuillier... pour festières, quarraux... etc.*

« Aux charretiers, voituriers, etc. etc. »

(Arch. de la Côte-d'Or, B. 1430, fol. 121-124.)

1. Mandement du duc, *Paris*, 20 juin 1368 : « à mess. Gilles Le « Pelletier, prestre, demeurant à Paris, qui deus li estoient pour « ii queues de vin de Beaune tenant xi st... que le maistre des gar-

Malgré ces agrandissements considérables, Philippe, trouvant encore insuffisants les logements destinés aux gens de sa suite, fit acheter l'année suivante à Jacques, bourgeois de Paris, *tailleur des coins des monnoies du roi*, et à sa femme Jeanne, une maison tenant à son hôtel des Bourdonnais, et sis en *la rue Tirechappe* [1]. Il parvint encore à s'étendre dans cette dernière rue, en achetant, en 1376, des rentes assises sur certains immeubles contigus à sa maison et à *l'Ostel à Lasne roye*, et notamment au maçon Jean d'Amours [2].

Bien avant ces dernières acquisitions, les travaux de maçonnerie et les gros ouvrages étant terminés,

« nisons des vins du roy Nostre Sire a délivrées à messire Jehan
« de Danville, chevalier, maistre d'ostel du roy, ouquel mondit
« seigneur les a donnés, tant de grâce especial comme en recom-
« pensation d'un sien hostel assiz à Paris en la Viez Texcirandie
« que mondit seigneur a occupé pendant un an, pour mettre gar-
« nisons au deffaut de son hostel de la rue aux Bourdonnois que
« il fait reparer... LX fr. » (Arch. de la Côte-d'Or, B. 1430,
fol. 99 r°.)

1. Mandement du 9 novembre 1368, *Paris* : « A Jaques, le
« tailleur des coings des monnoies du roy Nostre Sire, et bour-
« geois de Paris, et à Jehanne, sa fame, qui leur estoient deus pour
« la vente d'une maison contenant plusieurs mesnages de loigis,
« que les dessus dits avoient en la ville de Paris, en *la rue de*
« *Tire Chappe*, tenant d'une part et aboutissant par derrière à
« l'ostel de m**gr** le duc, assis à Paris en la rue aux Bourdonnois,
« et d'autre part à la maison Estienne Bernier, laquelle maison
« avec toutes ses appartenances, ledit Jaques et sa femme ont
« vendu à mondit seigneur, à la charge de x l. par. environ de
« cense » (Arch. de la Côte-d'Or, B. 404 et B. 1430, fol. 96 v°).
2. Arch. de la Côte-d'Or, B. 1451, fol. 66 r°.

il fallait rendre cette demeure digne d'un prince de la maison de France. Dès le mois de mai 1373, Philippe le Hardi envoya en Lombardie son écuyer tranchant, Jean Blondel, à la recherche d'un peintre, dont on lui avait vanté le mérite et le talent. Ce peintre, Jean d'Arbois, était installé aussitôt à Paris, et attaché au service du duc, pour lequel il travailla rue des Bourdonnais pendant plus de deux années. On peut lui attribuer des peintures murales et sur bois, et incidemment les ornements peints de certains *harnois de jouste*. Les couleurs achetées pour son usage étaient prises chez un épicier de Bruges. Jean d'Arbois, momentanément engagé à Paris, dut retourner en son pays à la fin de 1375, car son nom ne reparaît plus après cette date [1].

Au moment du départ de cet artiste, tous les travaux entrepris rue des Bourdonnais n'étaient pas

1. Voici diverses mentions relatives à Jean d'Arbois : du « 10 mai 1373, à maistre Jehan d'Arboys, peintre de mgr, pour « don à lui fait de grâce especial, pour acheter une haquenée, « pour lui monter au service de mgr... lx fr. » (Arch. de la Côte-d'Or, B. 1438, fol. 50).

— 7 juin 1373 : « A Jehan Blondel, escuier tranchant de mgr,... « en recompensation de ce qu'il amena, devers mondit seigneur, « de Lombardie, à ses frez et despens maistre Jehan d'Arboiz, « paintre de mgr, un varlet et deux chevaux, et un coursier et un « varlet pour le garder... c fr. » (Arch. de la Côte-d'Or, B. 1441, « fol. 49 r°).

— 21 juin 1373 : « maistre Jehan d'Arboiz, paintre de mgr, « ordonné par mgr à demorer à Paris pour aller ouvrer et faire « de son mestier certaines chouses que mondit seigneur li a « enchargées, et vult mgr que pour chascun jour que ledit maistre encore terminés. Des maçons travaillaient, sous la direction du prêtre Gille Le Pelletier, à une grande galerie donnant sur la cour de l'hôtel ; on posait des fenêtres volantes et des châssis en fer, puis on garnit les cuisines des ustensiles indispensables. Olivier

« Jehan demorra à Paris pour la cause dessusdite jusqu'à la che-
« vauchée ou il aloit ès guerres du roy N. S., l'on li paie viii gros
« par jour, pour les despens de lui, ses valez et deux chevaux, si
« comme toutes ces chouses sont plus à plain contenues ès lettres
« de mondit seigneur, rendues avec les lettres de ce present
« compte, qui furent données le xxiᵉ jour de juing CCC. LXX. III. —
« A lui pour ses gaiges du xxiᵉ jour de juing CCC. LXXIII darr.
« passé jusques au ixᵉ jour de decembre ensuigant exclux que
« mondit seigneur retourna à Paris, et fit audit maistre Jehan
« d'Arboiz nouvel mandement pour viiiˣˣxi jours entiers, au fuer
« de huit gros par jour. Pour ce, par sa quittence donnée le
« xiii jour du mois de décembre CCC. LXX. IIII.... cxiiii franz »
(Arch. de la Côte-d'Or, B. 1441, fol. 25 rᵒ).

— 1374, 30 avril après Pâques : « à maistre Jehan d'Arboiz,
« paintre de mᵍʳ, pour deniers à lui paiez, dont Regnaut Goubaut
« l'avoir baillié en debte en la chambre des comptes, par son
« compte rendu en ladite chambre pour un an, feni le darr. jour
« de décembre CCC. LXXIII, par sa quittance donnée le xxᵉ jour
« d'avril CCC. LXXIIII après Pasques » (Arch. de la Côte-d'Or,
B. 1441, fol. 30 rᵒ).

— 14 juillet 1375 : « A Estienne Guillaume, espicier, demourant
« à Bruges, qui deuz li estoient pour vi onces d'azur que mᵍʳ avoit
« fait prendre et achater de lui pour maistre Jehan d'Arbois,
« pointre de mᵍʳ pour faire aucune des besoignes de mondit
« seigneur, si comme icelli maistre Jean l'avoir relaté à mᵍʳ, et
« quittance de ce jour... xxvi fr. viii gros viez » (Arch. de la Côte-
d'Or, B. 1444, fol. 37 vᵒ).

— 1375 : « Maistre Jehan d'Arbois, paintre de mᵍʳ, ordonné par
« mᵍʳ à demourer à Paris, pour illec ouvrer et faire de son mestier
« certaines chouzes que mᵍʳ l'a enchargées, et vuelt mondit
« seigneur que pour chascun jour que il demourra audit lieu pour

de Jussy et Jacques du Val, l'un maître d'hôtel,
l'autre secrétaire du duc, passèrent des marchés
avec le tapissier Jean de Paris pour appareiller les
tentures, les tapis et les draps de haute lisse [1].

« la cause dessusdite, jusques à ce que mgr en ait autrement
« ordonné, l'on li paie viii gros viez pour les despens de lui,
« ses varlez et deux chevaux... lettres de mgr du ix decembre
« CCC. LXXIII... A lui pour ses gaiges, etc., la dite dépense.....
« pour quatre cent cinquante jours entiers, durant lequel temps
« il a esté à Paris, et illec ouvré continuellement de son mestier...
« iiie fr. » (Arch. de la Côte-d'Or, B. 1444, fol. 24-25).

— 13 mai 1375 : « Pour plusieurs missions faites pour le harnoiz
« de mgr à jouster, pour plusieurs parties de brodeure pour ledit
« harnoiz, pour une cote ouvree de brodeure semée de faucons,
« pour une chaine d'or... etc... par Pierre Dentant, brodeur, et
« autres, comme par Jehan d'Arbois, son paintre... » etc. (Arch. de
la Côte-d'Or, B. 1445, fol. 46 ro).

1375, 19 octobre : Quittance des gages de Jean d'Arbois (Arch.
de la Côte-d'Or, B. 1444, fol. 25).

1. 21 août 1375 : « à Jehan Galiot et Colin de Laingny, maçons,
« demourant à Paris, pour le demourant de la somme de 374 fr.,
« un gros et demi, qui deus leur estoient, pour certains ouvraiges
« de maconnerie par eulx faiz ès galeries de l'ostel de mgr, assis à
« Paris en la rue aux Bourdonnois, dont ils ont eu 280 l., si comme
« il est contenu ou premier chapitre de la despense du compte de
« feu messire Gilles Le Peletier, prestre, commis à faire lesdits
« ouvraiges... » (Arch. de la Côte-d'Or, B. 1445, fol. 37 ro).

22 août 1375 : « à Jean Galiot, maçon de Paris, qui deuz li
« estoient pour pendre en l'ostel de mgr, en la rue aux Bourdou-
« nois xvi fenestres croisies pour chascune vi s. par... iiii l. xvi s.
« par... pour pendre oudit hostel deux huis chascune deux sols
« par., vint quatre s. par... et pour pendre audit hostel vi fenestres
« volans, pour chascune xviii d. par. pour tout, par mandement de
« mgr et quittance donnée xxiie d'aoust CCC.LXXV. » (Arch. de la
Côte-d'Or, B. 1445, fol. 126 vo).

Dernier mars 1374 (1375) : « Guillemin de Laingny, demourant à

A la suite de ces travaux d'intérieur, Jean le
Fruitier, paveur à Paris, refit le pavage de la rue
Tirechappe dans une longueur de douze toises sur un
côté de cet hôtel [1], dont Guillaume Le Gras, orfèvre
de Paris, était concierge.

Ainsi aménagée, la résidence ducale put loger
fréquemment une partie des chevaliers et des écuyers
de l'escorte de Philippe le Hardi, même en son
absence, ainsi que de nombreuses mentions le
constatent. Lors de la venue de l'empereur d'Alle-
magne, en 1378, « les chevaliers et escuiers de l'ostel
« de m^{gr} ont tenu leur estat et fait leurs despens en
« l'ostel de m^{gr} en la rue aux Bourdonnois [2] ». Quand
la suite était trop nombreuse, on la défrayait dans

« Paris, qui deuz li estoient pour l'achat et délivrance de xii pael-
« les à boux, deux paelles à queue, un museau de beuf, une grant
« chaudière à cure char, une autre chaudière pour sauser, un gray
« double, un autre gray simple, deux puisates à caue, deux paelles
« de fer à queues doubles, une belle bouche, une paelle de fer, un
« pot bastart, un pot moien, vi chauderons à potaiges et deux cuil-
« liers persées, lesquelx vaisseaulx ont esté delivrés en la cuisine
« de m^{gr}, si comme il a esté relaté à m^{gr} par Jehan Sauvegrain,
« escuier de cuisine de m^{gr}. » (Arch. de la Côte-d'Or, B. 1445,
« fol. 44 v°.)

— 1376 (1375), 27 janvier : « A Jean de Paris, tapissier, qui
« deuz li estoient pour marchié fait avec lui par messire Olivier
« de Juissy, maistre d'ostel de m^{gr} et maistre Jaques du Val, secré-
« taire de m^{gr}, pour repparoiller plusieurs des tapis et draps de
« haute liche, que, par l'espace de trois mois ou environ, il a mis
« à yceulx appareiller tant en l'ostel de m^{gr} comme dehors...
« xviii fr. » (Arch. de la Côte-d'Or, B. 1445, fol. 63 r°.)

1. Arch. de la Côte-d'Or, B. 1465, fol. 57 r° et v^o.

2. *Idem*, B. 1452, fol. 64 r°.

les maisons du voisinage, comme à l'*hôtel du Fer de Molin*, situé derrière l'église St-Eustache, dont une rue a conservé ce nom. En 1393, le duc donne soixante francs au chevalier et chambellan Pimpernel de St-Cler, « pour paier certain despens que luy, sa « femme et leurs gens avoient fait en l'ostel du Fer « de Molin, derrière l'église St-Eustace à Paris [1] ».

A l'exemple de son maître, et probablement à l'aide de ses largesses, Gui de la Trémoille entreprit également des restaurations et des embellissements dans son hôtel à Dijon. Nous n'avons pas le détail de ces travaux, mais nous savons que, le 24 juin 1394, le duc donne une somme d'argent aux ouvriers « qui « ouvroient en l'ostel messire Guy de la Trémoille, « à Dijon [2] ». Peut-être travaillait-on, à la même époque, dans celui de la rue de la Bourdonnais, puisque Gui de la Trémoille était obligé de demeurer momentanément « dans l'ostel assis près de l'ostel St-Paul où « il estoit logiez lors [3] ».

1. *Idem*, B. 1495, fol. 42 v°.
2. *Idem*, B. 1499, fol. 64 v°.
3. *Idem*, B. 1508, fol. 159 v° ; 11 mars 1396. — On devait travailler, en 1387, en l'hôtel de la Trémoille, rue des Bourdonnais, car en ce moment, Charles VI concédait à Gui une prise d'eau pour le service de son hôtel (Arch. nat., JJ, 132, n° 43, fol. 24).